BT 438 5/06 SC

Y0-BZY-053

ROTAS Y PARTIDAS
son más ricas
COMPARTIDAS

A mi esposa e hijos, que amorosamente prestan al esposo y al padre, y a quienes descubrieron en mí regalos de Dios que nunca me hubiera animado a estrenar.

Pablo Muttini

© Hardenville s.a.
Andes 1365, Esc. 310
Edificio Torre de la Independencia
Montevideo, Uruguay

ISBN 84 —933955-7-9

Se prohíbe la reproducción parcial o total de esta obra -por cualquier medio- sin la anuencia por escrito del titular de los derechos correspondientes.

Impreso en China · Printed in China

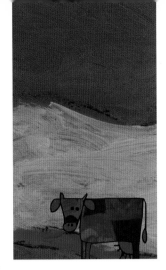

# ROTAS Y PARTIDAS
## son más ricas
# COMPARTIDAS

Textos

Pablo Muttini

Ilustraciones

Osvaldo P. Amelio-Ortiz
Pablo Muttini

Diseño

www.janttiortiz.com

A Juan le gusta mucho
ir a la escuela.
Juega con sus amigos
y se ríen de sus bromas.

Cantan todos
como pajaritos,
saltan como canguros
y corren como los indios.

Pero a la hora de prestar
atención, escuchan
a la maestra
con orejas de elefante.

Así pasan los días con
una sonrisa en la cara.

Felices de ser felices.

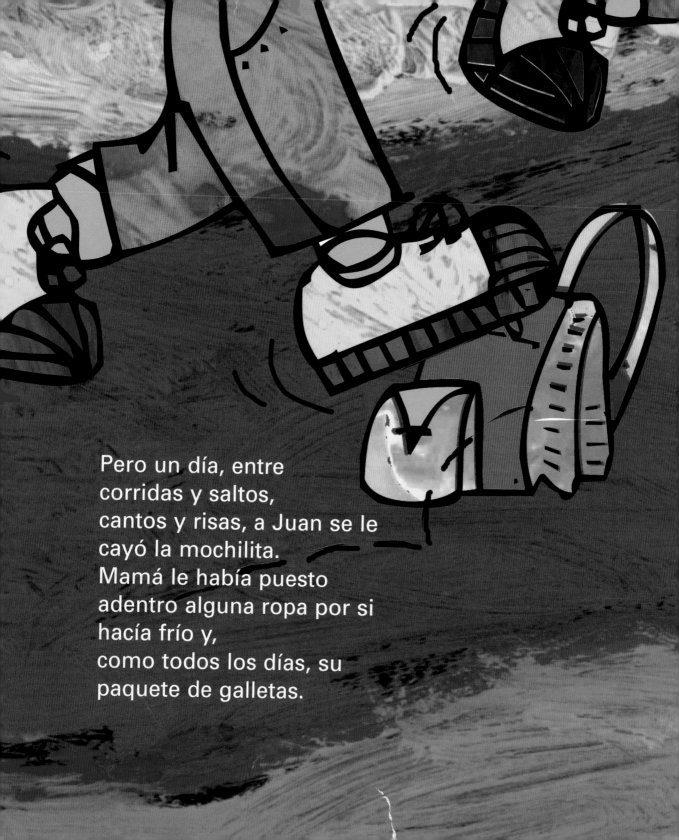

Pero un día, entre
corridas y saltos,
cantos y risas, a Juan se le
cayó la mochilita.
Mamá le había puesto
adentro alguna ropa por si
hacía frío y,
como todos los días, su
paquete de galletas.

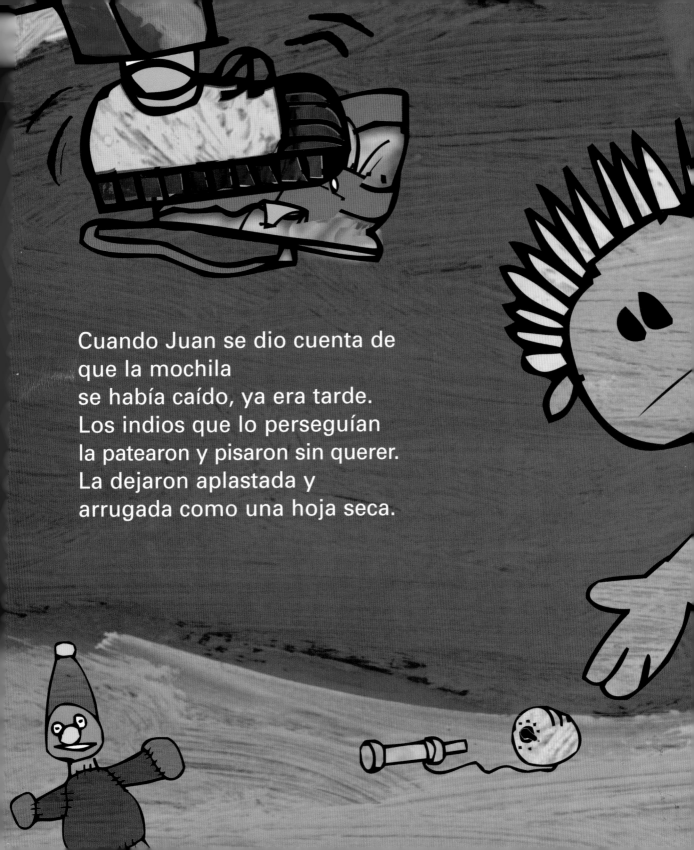

Cuando Juan se dio cuenta de
que la mochila
se había caído, ya era tarde.
Los indios que lo perseguían
la patearon y pisaron sin querer.
La dejaron aplastada y
arrugada como una hoja seca.

Por un rato, Juan ni se preocupó por su mochila, hasta que tuvo hambre y se acordó de sus galletas. Fue entonces cuando se armó el barullo.

Al abrir la mochila y sacar las galletas, se dio cuenta de que estaban todas rotas en trocitos.

Juan se sentó en un rincón y lloró como loco.

La maestra intentó consolarlo, pero no hubo caso.

Sus galletas estaban rotas.

La maestra, para tranquilizarlo, puso los trocitos de galleta en un plato y le explicó que así también se podían comer, pero para Juan no había consuelo.

¡Sus cuatro galletas estaban rotas!
¿Qué podría hacer entonces?

Marina estaba jugando con su muñeca y no se había enterado del problema de Juan. Pasó por su mesa y, cuando vio las galletas en un plato, se abalanzó sobre su amigo y le dio un gran beso y un abrazo.

Juan se sorprendió y la maestra también.

Antes de que los dos salieran del asombro, Marina dijo:

—¡Qué bueno, Juan,
trajiste galletas para todos!
¡Yo también tenía ruiditos
en la barriga!

Marina, sin preguntar, tomó
el plato y comenzó a
servirles a sus compañeros.
Y en un minuto
no quedaban ni miguitas.

Juan no podía creerlo.
¡Sus galletas habían
alcanzado para todos y
todos vinieron a darle las
gracias y un beso!

Y así fue como, por accidente, cuatro galletas se transformaron en merienda de todos.
Desde ese día, todos los chicos se dieron cuenta de que poniendo sus galletas rotas y partidas en un plato podían ser compartidas.

Y por eso les gusta tanto ir
a la escuela, por eso cantan
todos como pajaritos, saltan
como canguros y corren
como indios, pero
a la hora de prestar atención
escuchan a la maestra con
orejas de elefante.

Así pasan los días con una sonrisa en la cara. Felices de ser felices. Compartiendo la alegría, la música, los juegos y también... las galletas.

En esta colección, he querido confrontar con el lector conceptos que
trascienden el pasatiempo de la lectura y la transforman en un verdadero
camino de reconciliación con los valores humanos y culturales tendientes
a mejorar los sentimientos de solidaridad, responsabilidad, compromiso,
respeto y amor.

Ésos son valores que apoyo apasionadamente, con el afán de que sirvan,
no importa en qué medida, para mejorar la calidad de vida de los niños.

Es mi mayor anhelo promover un mensaje que demuestre que en las
pequeñas cosas que viven los niños está la grandeza de la vida,
que compartir es un acto y una fuente de alegría,
que la alegría es una expresión de amor sublime,
que el amor es motor de compromiso para el dar,
que el dar es todo gratuidad y
que, a medida que más se da, siguiendo esta lógica ilógica del amor, se
tiene cada día un poco más, se es cada día más rico.

Por último, he querido compartir con los adultos que acompañan a los
niños en el relato del cuento, el lujo de volver a creer, confiando en que la
cosa no es tan compleja y apostando a que nosotros también, aunque sea
durante este breve momento de lectura compartida, podemos
contagiarnos de la inocencia de los más chicos.

PABLO MUTTINI

### AUNQUE ROTAS Y PARTIDAS, SON MÁS RICAS COMPARTIDAS

De un tema tan simple como el de un niño cuyas galletas para la merienda quedan aplastadas, surge el valor de la solidaridad, el concepto de los bienes compartidos y de los beneficios que estos valores producen en el comportamiento humano y en la vida de todos los días.

### MONSTRUOS EN LA NOCHE

En este libro, el temor a la oscuridad como elemento cotidiano se transforma en el pivote de un concepto acerca de la aceptación de las diferencias: de cómo transformar el miedo a la realidad del otro en un disparador de nuevas oportunidades para reconocer la sabiduría de millones de amiguitos escondidos.

COLECCIÓN DE CUENTOS CORTOS QUE DURAN TODA LA VIDA

REALIZADO CON EL MÁXIMO DESEO
DE QUE AL LEER ESTE CUENTO
EL NIÑO QUE TIENES A TU LADO HAYA VIVIDO UN MOMENTO DE AMOR.

nicanitasantiago
LIBROS PARA CHICOS ▪ BOOKS FOR CHILDREN